"बर्फ़ के पीछे कोई था"

"जब कहानियाँ चुप होती हैं, तो पहाड़ बोलते हैं......"

लेखक धीरेंद्र सिंह बिष्ट

अनुक्रम

1. कहानी- "बर्फ़ के पीछे कोई था"

अध्याय 1: पहलगाम की पहली सुबह

अध्याय 2: वो पुराना ख़त

अध्याय 3: बर्फ़ के पीछे की परछाई

अध्याय 4: नदी जो बोलती है

अध्याय 5: ज़ारा का सच

अध्याय 6: कफ़्र्यू की रातें

अध्याय 7: धुआँ और दरारें

2. कहानी- भीमताल की खामोशी

9. जब वापसी शब्दों से नहीं, निगाहों
   से होती है.

3. हल्द्वानी की होली और दिल की चोरी
(भाग-1 से 6)

कभी-कभी नज़दीकियाँ भी दूरियाँ बन
जाती हैं

प्रस्तावना

लेखक: **_धीरेंद्र सिंह बिष्ट_**

कुछ कहानियाँ हमें नहीं छोड़तीं।
वो हमारे साथ चलती हैं—कभी ख़ामोशी में, कभी
किसी अनजाने ख़त में, और कभी पहलगाम की
वादियों की तरह ठंडी लेकिन गहराई लिए हुए।

जब मैंने इस कहानी की पहली पंक्ति लिखी थी, तब
मैं किसी और को ढूँढ रहा था।
पर जैसे-जैसे पन्ने पलटे, मैंने पाया कि मैं खुद को ढूंढ
रहा था।

"बर्फ़ के पीछे कोई था" एक नाम नहीं, एक भावना
है।
यह उन आवाज़ों की कहानी है जो इतिहास में दर्ज
नहीं हुई, लेकिन दिलों में जिंदा रहीं।
यह ज़ारा की नहीं, हम सब की कहानी है—जिन्होंने

कभी ख़ुद को अकेला पाया, लेकिन उम्मीद को नहीं छोड़ा।

अगर इस कहानी के किसी भी हिस्से में आपने ख़ुद को पाया... तो शायद ये सिर्फ़ मेरी नहीं, आपकी भी किताब है।

समर्पण

यह किताब समर्पित है...

उन सब लोगों को,

जो किताबों की दुनिया में खुद को ढूंढते हैं।

जो चुप हैं, पर कमज़ोर नहीं।

जो बर्फ़ में भी आग लेकर चलते हैं,

और जिनकी कहानियाँ अक्सर अधूरी छोड़ दी जाती हैं।

ज़ारा, तुम सिर्फ़ किरदार नहीं—एक विचार हो।

और विचार कभी मरते नहीं।

Copyright © 2025 Dhirendra Singh Bisht. All rights reserved.

इस पुस्तक का कोई भी अंश लेखक की पूर्व अनुमति के बिना किसी भी रूप में—प्रिंट, डिजिटल या ऑडियो माध्यम में—प्रकाशित, वितरित या प्रसारित नहीं किया जा सकता है।

यह एक काल्पनिक रचना है। इसमें वर्णित घटनाएँ, पात्र, स्थान एवं संवाद लेखक की कल्पना पर आधारित हैं। किसी भी जीवित या मृत व्यक्ति से किसी समानता को संयोग मात्र समझा जाए।

लेखक परिचय

धीरेंद्र सिंह बिष्ट उत्तराखंड की वादियों से निकलकर हिंदी साहित्य की ज़मीन पर अपने शब्दों से खामोशियों को आवाज़ देते हैं। उनकी कहानियों में गाँवों की सादगी, शहरों की बेचैनी और रिश्तों की ऊहापोह मिलती है।

"बर्फ़ के पीछे कोई था" उनकी एक ऐसी ही कोशिश है—सच और संवेदना के बीच से गुजरती एक यात्रा।

धीरेंद्र जी मानते हैं कि हर इंसान के भीतर एक अधूरी कहानी होती है... बस उसे पढ़ने वाला कोई चाहिए।

"बर्फ़ के पीछे कोई था"

"बर्फ़ के पीछे कोई था" एक खोज है—एक लड़की की, एक आवाज़ की, और शायद एक आत्मा की जो चुपचाप अपने सच की तलाश में थी।

यह कहानी सिर्फ़ ज़ारा की नहीं है।

यह उन सभी लोगों की है जिन्होंने कभी किसी को खोया, किसी की तलाश की... या खुद को ही भूल बैठे।

पहलगाम की वादियों में सजी यह कथा उस रिश्ते की है—जो किताबों, चाय की प्यालियों और टूटे हुए शब्दों से बना है।

आभार

मैं अपने पाठकों का दिल से आभार व्यक्त करता हूँ, जिन्होंने इस पुस्तक को पढ़ने के लिए अपना समय और मन दिया।

उन तमाम कहानियों का भी धन्यवाद, जो मेरी नहीं थीं... लेकिन मेरे भीतर आकर बस गईं।

धन्यवाद उन जगहों का—पहलगाम, वो पेड़, वो दुकान, वो चाय की भाप—जो इस कहानी के किरदार बन गए।

और... ज़ारा, तुम्हारा शुक्रिया। तुमने खुद को कहने की इजाज़त दी।

पाठकों के लिए एक सीख

हर इंसान एक किताब है। कुछ लोगों का पहला पन्ना ही बोलता है, और कुछ का आख़िरी पन्ना सबसे ज़्यादा।

कभी किसी की चुप्पी को हल्के में मत लेना—हो सकता है वो कहानी कहने की सबसे गहरी कोशिश हो।

और अगर आप किसी को ढूँढ रहे हैं, तो ध्यान से देखिए—कहीं वो बर्फ़ के पीछे खड़ा, आपका इंतज़ार तो नहीं कर रहा?

***

अध्याय 1:

पहलगाम की पहली सुबह

प हलगाम की वादियाँ कुछ कहती नहीं थीं, लेकिन सब कुछ सुना देती थीं।

सुबह की वो नमी, बर्फ़ पर पड़ती सूरज की पहली किरण, और चाय की भाप में घुलती खामोशी—सब जैसे किसी अनकहे वादे की तरह लग रहे थे।

मैं स्टेशन से टैक्सी लेकर उस पुराने गेस्टहाउस पहुँचा, जहाँ बाबा कभी रुका करते थे। वही लकड़ी की सीढ़ियाँ, वही खिड़की से दिखता चिनार का पेड़,

और वही लिपटी हुई बर्फ़—बस एक फर्क था... अब यहाँ सैलानी कम, कहानियाँ ज़्यादा थीं।

कमरे में घुसते ही एक जानी-पहचानी सी गंध आई—पुरानी किताबों, ठंडी दीवारों और यादों की। मैंने अपना बैग उतारा और खिड़की खोली। सामने वही पेड़ था, जिसके नीचे बाबा ने किसी ज़माने में पहली बार किसी कश्मीरी लड़की से मुलाक़ात की थी।

"ज़ारा," उन्होंने कहा था, "उसे किताबें बेचना पसंद था... और नज़्में सुनना भी।"

आज उसी पेड़ के नीचे कोई और खड़ा था। सादा शॉल, सफेद टोपी, और एक झुकी नज़र।

मैंने नज़रें मिलाने की कोशिश की, पर वो छाया बर्फ़ में घुलकर गायब हो गई।

मैं पलटा, और तभी कमरे की दराज से कुछ गिरा।

एक पुराना लिफ़ाफ़ा।

धूल में लिपटा, किनारों से मुड़ा हुआ।

उपर लिखा था—"ज़ारा, अगर तुम कभी लौटी तो...
"

मैंने लिफ़ाफ़ा उठाया।

काग़ज़ का रंग पीला पड़ चुका था, लेकिन हर शब्द
ताज़ा था।

"कुछ बातें किताबों में नहीं मिलतीं... उन्हें चुप्पियों में
पढ़ना होता है।"

बर्फ़ अब धीरे-धीरे गिर रही थी।

और मेरे अंदर कुछ टूट कर धीरे-धीरे जुड़ने लगा
था।

***

अध्याय 2: वो पुराना ख़त

ख़त को हाथ में लेते ही ऐसा लगा जैसे वक़्त थम गया हो।

कमरे में लगी पुरानी घड़ी टिक-टिक कर रही थी, लेकिन मेरे अंदर सब कुछ शांत हो गया था।

काग़ज़ के हर मोड़ में कोई अनकही टीस छुपी थी।

लिफ़ाफ़ा धीरे से खोला, जैसे किसी की नींद न टूट जाए।

"ज़ारा,

अगर ये ख़त तुम्हारे हाथों में पहुँचे, तो समझना कि मैंने तुम्हें कभी नहीं भुलाया।

तुम कहती थीं कि पहलगाम की वादियाँ सब याद रखती हैं—मैंने उन्हें गवाह बना लिया है।

तुम्हारे जाने के बाद हर शाम तुम्हारे पसंदीदा नज़्में पढ़ीं, उसी पेड़ के नीचे बैठकर जहाँ तुम किताबें बेचती थीं।

जब आख़िरी बार तुम्हें देखा था, तुम्हारी आँखों में डर कम, उम्मीद ज़्यादा थी।

पर उस रात जो हुआ... उसे शब्दों में पिरोना मेरे बस की बात नहीं।

बस इतना जान लो—मैं रुका रहा। उस मोड़ पर, उस दुकान के पास... जहाँ तुमने कहा था, "अगर कभी सब ठीक हो गया, तो वहीं मिलना।"

अब ये सब लिखते हुए उंगलियाँ कांपती हैं। शायद ये आख़िरी बार है जब मैं तुम्हारे नाम कुछ कह पा रहा हूँ।

अगर तुम लौटी, तो मुझे ढूँढ लेना। मैं कहीं नहीं गया।

मैं अब भी वहीं हूँ—बर्फ़ के पीछे।

– तुम्हारा,

वो जो अब भी तुम्हारी कहानी सुनाता है।"

मैंने ख़त को दोबारा लिफ़ाफ़े में रखा।
दिल ने जैसे कोई भूला हुआ गीत गुनगुनाया।

"कौन था ये? बाबा? कोई और?"
और अगर ये ज़ारा वही है, तो अब कहाँ है?

सवालों की परछाइयाँ कमरे में लंबी होती जा रही थीं।

मैंने एक फ़ैसला लिया—इस सफर की शुरुआत हो चुकी है। अब जवाब चाहिए।

बर्फ़ अब और तेज़ गिर रही थी... जैसे किसी ने आसमान से फिर एक सफ़ा पलटा हो।

***

अध्याय 3:
बर्फ़ के पीछे की परछाई

कभी-कभी सवाल जवाबों से ज़्यादा आवाज़ करते हैं।

उस रात, जब सब सो रहे थे, मैं गेस्टहाउस के बाहर निकल आया।

हवा में बर्फ़ के टुकड़े जैसे किसी भूली-बिसरी याद की तरह उड़ रहे थे—नर्म, चुप और टुकड़ों में बिखरे हुए।

मैं उसी पेड़ की ओर चला जहाँ से ये सब शुरू हुआ था।

चिनार अब भी खड़ा था—थोड़ा झुका हुआ, थोड़ी ठंडी साँसें लेता हुआ।

नीचे ज़मीन पर किसी के ताज़ा कदमों के निशान थे। छोटे, जैसे किसी औरत के।

मैंने चारों ओर देखा। कुछ नहीं था।

बस बर्फ़... और एक छाया।

हाँ, एक छाया... दूर सामने, झील के किनारे।

सफेद शॉल ओढ़े कोई खड़ा था। और जैसे ही मैंने आवाज़ देने की कोशिश की, वो पलटा नहीं... बस झील की ओर देखते हुए खड़ा रहा।

मैंने एक क़दम आगे बढ़ाया—

बर्फ़ चटकी, और वो परछाई हिली।

लेकिन जब तक मैं झील तक पहुँचा, वहाँ कोई नहीं था।

बस पानी की सतह पर एक शब्द बुदबुदाता सा सुनाई दिया—

"माफ़ करना..."

मैं ठिठक गया।

क्या ये मेरी कल्पना थी? या सचमुच कोई था?

या कोई अब भी इंतज़ार कर रहा है—जैसे उस ख़त में लिखा था?

मैं वापस लौट आया, लेकिन मेरे साथ एक डर भी लौट आया।

डर इस बात का कि कहीं ये सिर्फ़ यादें नहीं... कोई अधूरी कहानी फिर से लिखी जा रही है।

कमरे में लौटते हुए मेरी नज़र उस दरवाज़े की दरार पर पड़ी, जो हमेशा बंद रहता था।

पर आज वो थोड़ी खुली थी।

मैंने हल्के से धक्का दिया। दरवाज़ा धीरे से चरमराया।

अंदर एक टूटी अलमारी, और फर्श पर पड़ी एक किताब।

उस पर धूल की मोटी परत थी, लेकिन नाम साफ़ लिखा था: **"ज़ारा"**

***

अध्याय 4:

नदी जो बोलती है

प हलगाम की सुबहें साफ़ होती हैं, पर कभी-कभी उनके भीतर बादल छुपे रहते हैं।

अगली सुबह मैं जल्दी उठ गया। रात की घटना मेरे मन में लगातार घूम रही थी—वो परछाई, वो बुदबुदाती आवाज़, और वो किताब जिस पर लिखा था... ज़ारा।

मैंने किताब को अपने बैग में रख लिया और गेस्टहाउस से निकल गया।

सीधा उस दिशा में, जहाँ लिद्दर नदी बहती है।

लिद्दर—नाम जितना नर्म, बहाव उतना ही बेचैन।

ठंडी, पारदर्शी, और किसी भूले हुए गीत जैसी बहती हुई।

स्थानीय लोग कहते हैं कि ये नदी सिर्फ पानी नहीं, यादें भी अपने साथ बहा ले जाती है।

नदी किनारे एक लड़का बैठा था, शायद 10-12 साल का।

छोटा-सा रेडियो पकड़े हुए, जो अब भी झींगुर की तरह बज रहा था।

मैंने पास जाकर पूछा,

"तुम यहाँ रोज़ आते हो?"

वो मुस्कराया, *"हाँ साहब। दादी कहती हैं—ये नदी बोलती है, अगर ध्यान से सुनो।"*

मैंने जिज्ञासा से पूछा, *"क्या कहती है?"*

वो बोला, "एक बार एक लड़की यहाँ से गायब हो गई थी। वो किताबें बेचती थी और नज़्में सुनती थी। कहते हैं वो नदी में समा गई... पर कभी-कभी उसकी आवाज़ अब भी आती है।"

मैं चौंक गया।

"क्या नाम था उसका?"

"शायद ज़ारा..."

उसने नाम धीरे से कहा, जैसे डर हो कि कोई सुन न ले।

मैंने रेडियो की ओर देखा—पुराने कश्मीरी ग़ज़लों की तरह कोई अधूरी धुन चल रही थी।

लड़का बोला, "कभी-कभी यही धुन सुनाई देती है... और फिर पानी जैसे रुक जाता है।"

हम दोनों चुप हो गए।

मैंने उस लम्हे में महसूस किया—कुछ कहानियाँ
खत्म नहीं होतीं।

वो बस बहती रहती हैं... नदी की तरह। कभी शांत,
कभी उफनती हुई।

और शायद, उसी बहाव में कहीं ज़ारा अब भी थी।

***

अध्याय 5: ज़ारा का सच

रात को लौटते वक्त मेरे मन में सिर्फ़ एक नाम गूंज रहा था—ज़ारा।

उसकी परछाई अब शब्दों में बदल रही थी।

गेस्टहाउस के उस बंद कमरे में मिली किताब, नदी किनारे बच्चे की बात, और वो चुप्पी... जो हर जगह मौजूद थी।

मैंने किताब को फिर से निकाला।

कुछ पन्ने गीले थे, जैसे उन पर कभी आँसू गिरे हों।

एक पन्ने पर हल्के कश्मीरी अक्षरों में लिखा था:

"अगर किसी ने मेरी किताबें पढ़ीं, तो समझना मैं कभी गई नहीं... मैं यहीं हूँ।"

किताब के आखिरी हिस्से में कुछ दिनचर्या जैसी लिखावट थी—

छोटे-छोटे नोट्स। जैसे कोई हर दिन खुद से बात कर रहा हो।

"21 जनवरी —

आज फिर कफ़्र्यू लगा है। दुकान बंद है। पर मैंने किताबें नहीं छोड़ीं।

एक लड़का आया था, नाम नहीं बताया। चुपचाप एक ग़ज़ल की किताब माँगी और चला गया।

उसकी आँखों में डर भी था... और भरोसा भी।"

"28 जनवरी —

रात को रेडियो से आवाज़ आई—'कभी खुद को खो देने से भी मिल जाती हैं कुछ पहचानें।'

मैंने उस वाक्य को अपनी डायरी में दर्ज कर लिया।"

"2 फ़रवरी —

आज उन्होंने मुझसे कहा—तुम बहुत सवाल करती हो।

लेकिन मैं सवालों से डरती नहीं... मैं जवाबों में गुम हो जाती हूँ।"

मैंने किताब बंद की।

ज़ारा कोई आम लड़की नहीं थी।

वो एक सोच थी, एक विरोध थी, एक सन्नाटे में उठी आवाज़ थी—जो किताबों के जरिए बोलती थी।

लेकिन अब सवाल था—**वो कहाँ गई?**

क्या सचमुच वो नदी में समा गई, जैसा बच्चा कह रहा था?

या फिर... किसी ने उसका सच दबा दिया?

मैंने तय किया कि अगली सुबह मैं उस गली में जाऊँगा जहाँ उसकी किताबों की दुकान हुआ करती थी।

कभी-कभी कुछ सच इतने गहरे होते हैं कि उन्हें उजाले की नहीं, धैर्य की ज़रूरत होती है।

***

अध्याय 6: कफ़्र्यू की रातें

पहलगाम की वो रातें, जब सड़कों पर सिर्फ बर्फ़ नहीं, सन्नाटा भी गिरता था।

गेस्टहाउस के मालिक ने मुझे उस गली तक पहुँचाया जहाँ कभी ज़ारा की किताबों की दुकान हुआ करती थी।

अब वहाँ सिर्फ़ एक टूटी हुई दीवार बची थी, जिस पर धुंधले अक्षरों में नाम लिखा था—"J Books – किताबें और कहानियाँ"

दीवार को छूते ही जैसे मेरे भीतर कोई पुरानी आवाज़ जाग उठी।

जैसे कोई रेडियो स्टेशन जो बरसों बाद चालू हो गया हो।

फ्लैशबैक

(ज़ारा की डायरी के अंश के साथ)

"14 फ़रवरी —

कर्फ़्यू चौथा दिन। दुकान बंद है।

मगर आज मैंने रेडियो पर फ़ैज़ की नज़्म सुनाई।

पड़ोस वाली खिड़की से तालियाँ आईं... शायद किसी को उम्मीद लगी हो।

अगर ये आवाज़ बंद हुई, तो सन्नाटा ज़्यादा तेज़ चुभेगा।"

मेरे सामने अब भी कुछ लोग उसी गली में रहते थे।

एक बूढ़ा शख़्स—सफेद टोपी, थकी हुई आँखें—
मुझे देखता रहा, फिर बोला:

"तुम ज़ारा के बारे में पूछ रहे थे न?"

मैंने हाँ में सिर हिलाया।

"उसने यहाँ किताबों से जादू किया था," वो बोला,
"लोग पढ़ने नहीं आते थे, पर उसकी आवाज़ सुनने
रुक जाते थे।

एक बार जब यहाँ सबसे लंबा कफ़र्यू लगा था, उसने
रेडियो से कहानियाँ सुनाई थीं—बिना नाम बताए।"

"फिर क्या हुआ?" मैंने धीरे से पूछा।

वो रुका। आँखें कहीं दूर चली गईं।

"फिर एक रात गोलियों की आवाज़ आई।

सुबह दुकान खुली नहीं।

कुछ लोग कहते हैं वो भाग गई, कुछ कहते हैं...
उसने आवाज़ के बदले चुप्पी चुन ली।"

मैं देर तक वहीं खड़ा रहा।

दीवार पर हाथ रखा तो उंगलियों में जैसे कोई गर्म
अहसास रह गया।

ज़ारा एक कहानी थी, पर अब लगने लगा था कि वो
मेरी कहानी में भी आ चुकी है।

रात को लौटते हुए पहलगाम में अचानक बर्फ़ गिरने
लगी।

एक बच्चा कह रहा था—"जब यहाँ अचानक बर्फ़
गिरे, तो समझो कोई अपनी याद वापस लेने आया
है।"

और उस रात... मैं ज़ारा को नहीं, शायद खुद को ढूँढ़
रहा था।

***

अध्याय 7: धुआँ और दरारें

कभी-कभी दीवारें भी बोलती हैं—अगर आप चुप रहकर सुनें।

अगली सुबह मैं ज़ारा के आख़िरी पते पर गया। एक पुराना दो-मंज़िला घर, पत्थरों से बना हुआ, जिसकी खिड़कियाँ अब भी शून्य में ताकती थीं।

दरवाज़ा जंग खाया हुआ था, लेकिन खुल गया।

अंदर धूल थी, पर एक सजीव सन्नाटा भी।

जैसे घर अब भी किसी की वापसी का इंतज़ार कर
रहा हो।

कमरे की दीवारों पर हल्की-सी कालिख थी—जैसे
कभी यहाँ आग लगी हो।

छत से लटकी एक टूटी हुई लालटेन अब भी
डगमगा रही थी।

मैं धीरे-धीरे उस कमरे में पहुँचा जहाँ शायद ज़ारा
रहा करती थी।

फर्श पर लकड़ी का एक फर्श-पट्टा हिला हुआ था।

मैंने उसे उठाया—नीचे एक पुराना बॉक्स था।

खोला तो अंदर किताबें थीं—कुछ कविताएं, कुछ
अधूरी चिट्ठियाँ... और एक फोटोग्राफ।

फ़ोटो में ज़ारा थी—सफेद दुपट्टा, किताबें सीने से लगाए, और पीछे वही पेड़ जो अब गेस्टहाउस के सामने खड़ा है।

पर ज़्यादा चौंकाने वाला था फोटो के पीछे लिखा एक वाक्य:

"अगर मुझे कुछ हो गया, तो मेरे सच को मिटने मत देना।"

मैं देर तक उस फोटो को देखता रहा।

तभी मेरी नज़र दीवार पर गई—जहाँ कोयले से हल्के हाथों से लिखा था:

"कभी-कभी आग भी गवाही देती है।"

उस क्षण समझ आया—ये आग एक इत्तेफ़ाक़ नहीं
थी।

ज़ारा की आवाज़ को, उसके सवालों को, उसकी
किताबों को... किसी ने चुप करवाना चाहा था।

पर शायद वो आवाज़ पूरी तरह बुझी नहीं थी—वो
अब भी मेरे आस-पास बह रही थी, जैसे पहलगाम
की हवा में कोई कविता गूंज रही हो।

***

अध्याय 8: वो बूढ़ा दुकानदार

ज‌ब कहानियाँ अधूरी हों, तो कभी-कभी एक मामूली दुकानदार भी आख़िरी गवाह बन जाता है।

मैं बाज़ार की उस पतली गली में पहुँचा जहाँ अब भी कुछ पुरानी दुकानें ज़िंदा थीं—जैसे वक़्त को चाय की प्याली में समेट कर रख लिया गया हो।

एक नुक्कड़ पर एक छोटी-सी किताबों की दुकान थी। बोर्ड पुराना था, रंग उतर चुका था, लेकिन एक

नाम अब भी टिका था— **"बशीर एंड सन्स - किताबें और कलम"**

दुकान के अंदर एक बूढ़ा आदमी बैठा था, गर्दन झुकी हुई, आंखों पर मोटा चश्मा।

सामने काग़ज़ की कतरनों में कुछ ढूंढ रहा था।

मैंने धीरे से पूछा, "आप बशीर साहब हैं?"

उसने सिर उठाया।

धुंधली आंखों में अचानक चमक आई।

"तुम बाहर वाले हो न... जो ज़ारा के बारे में पूछ रहा था?"

मैंने धीरे से सिर हिलाया।

वो कुछ देर चुप रहा, फिर बोला, "उसकी दुकान बंद हुए बरसों बीत गए, पर उसकी बातें अब भी लोग फुसफुसाकर करते हैं।"

"आप उसे जानते थे?"

बशीर साहब ने एक पुराना रजिस्टर निकाला—उसमें तारीख़ें, किताबों के नाम और कुछ खास नाम लिखे थे।

"ज़ारा हर हफ्ते यहाँ आती थी।

नई किताबें ले जाती, और बदले में अपनी लिखी नज़्में देती।

वो कहती थी—'बशीर चाचा, जब किताबें बिकें नहीं, तो ये नज़्में दे देना। लोग पढ़ेंगे, शायद कुछ बदले।'"

"क्या आप जानते हैं, वो कहाँ गई?"

वो गहरी सांस लेकर बोले—

"एक रात उसकी दुकान में आग लगी। लोग कहते हैं किसी ने जानबूझकर लगाई थी... उसकी बातें कुछ लोगों को चुभती थीं।

सुबह वो दुकान खाली मिली, और ज़ारा... कहीं नहीं थी।"

मैंने पूछा, "आपने आख़िरी बार उसे कब देखा?"

बशीर साहब ने जवाब दिया—

"उसी शाम... वो आई थी। आँखों में आँसू नहीं थे, बस एक शांति थी। उसने कहा— *'अगर मैं चली जाऊँ, तो मेरी बातें खत्म मत होने देना।'*

और वो चली गई।"

बशीर साहब ने एक लिफाफ़ा मेरी ओर बढ़ाया।

"ये शायद तुम्हारे लिए ही छोड़ा था... मुझे कभी समझ नहीं आया।"

मैंने लिफाफ़ा खोला।

अंदर एक पंक्ति लिखी थी—

"मैं कहीं नहीं जाऊँगी, जब तक कोई मेरी कहानी को पूरा न करे।"

***

अध्याय 9: चाय, किताबें और आवाज़ें

कभी-कभी बातें करने के लिए शब्द नहीं, सिर्फ़ चाय की प्याली और एक खुला दिल चाहिए।

बशीर चाचा की दुकान से निकलकर मैं उस पुराने बस स्टैंड की ओर चला जहाँ ज़ारा अक्सर अपनी किताबें बेचा करती थी।

अब वहाँ सैलानियों की भीड़ नहीं थी—बस एक चाय की दुकान थी, धुएँ की लकीर में जैसे कोई भूली-बिसरी यादें तैर रही हों।

दुकानदार ने मुझे देखा और मुस्कराया,

"आप वही हो न जो ज़ारा बिटिया के बारे में पूछ रहे थे?"

मैं चौंका। "आप जानते थे उन्हें?"

वो हल्के से चाय में शक्कर घोलते हुए बोला,

"जानते नहीं... समझते थे।

ज़ारा कभी चाय नहीं पीती थी, लेकिन हर शाम यहाँ आकर बैठती थी।

किताबें निकालती, बच्चों को सुनाती, और फिर खुद किसी किताब के पन्नों में खो जाती थी।"

मैंने चाय की चुस्की ली। ठंडी हवा में उस प्याली की गर्माहट ठीक वैसी थी, जैसी ज़ारा की बातों की गर्मी होगी—धीमी, लेकिन असरदार।

चायवाले भैया ने आगे कहा—

"एक बार मैंने पूछा था, 'ज़ारा बिटिया, ये सब पढ़कर क्या मिलेगा?'

वो मुस्कराई और बोली—

शायद कुछ नहीं। पर अगर किसी बच्चे को एक नया सवाल मिल गया, तो मुझे मेरा जवाब मिल जाएगा।'"

मैंने आसपास बैठे कुछ स्थानीय लोगों से बात की।

पहले तो वे चुप रहे, पर जैसे-जैसे मैं ज़ारा की किताबें और पंक्तियाँ सुनाने लगा, उनके चेहरों पर पहचान की रेखाएं उभरने लगीं।

एक बुज़ुर्ग महिला बोली,

"वो लड़की? हाँ... वो तो जैसे बर्फ़ में खिली धूप थी।

सबसे मुस्कराकर मिलती थी... लेकिन उसकी आँखें कुछ और कहती थीं।"

एक युवक, जो कभी बच्चा रहा होगा जब ज़ारा किताबें सुनाती थी, बोला,

"उसने हमें सिखाया था कि किताबें सिर्फ़ पास करने के लिए नहीं, जीने के लिए होती हैं।"

धीरे-धीरे, ज़ारा एक नाम से बढ़कर एक विचार बन रही थी।

उसकी आवाज़ें किताबों में थीं, लोगों की यादों में थीं, और अब... शायद मेरी कहानी में भी।

मैंने चाय का आख़िरी घूंट पिया और महसूस किया—कुछ आवाज़ें चुप होकर भी बहुत कुछ कह जाती हैं।

***

अध्याय 10: उस पेड़ के नीचे

कुछ जगहें सिर्फ़ जगह नहीं होतीं—वो इंतज़ार करती हैं।

मैं उस पुराने चिनार के पेड़ के पास पहुँचा, जहाँ ये सफर शुरू हुआ था।

आज बर्फ़ ज़्यादा नहीं थी, लेकिन हवा में एक अलग ठहराव था। जैसे मौसम भी कुछ कहने से झिझक रहा हो।

पेड़ के नीचे की ज़मीन पर बैठकर मैंने ज़ारा की किताब, बशीर चाचा का खत, और चायवाले की बातें दोहराईं।

हर बात एक कड़ी जोड़ रही थी... एक अधूरी कहानी को पूरा करने की कोशिश में।

अचानक मेरी नज़र ज़मीन पर गई।

बर्फ़ पर ताज़ा क़दमों के निशान थे।

नए, हल्के, और सीध में पेड़ की तरफ़ आते हुए।

उनके पास एक किताब रखी थी—सफेद रूमाल में लिपटी हुई।

मैंने किताब उठाई।

उसके पहले पन्ने पर लिखा था:

"मेरे जाने के बाद अगर कोई मेरी कहानी सुनने आए, तो उसे ये देना… शायद उसे समझ आ जाए कि मैं कभी गई नहीं थी।"

मैंने किताब खोली—भीतर पन्नों पर छोटी-छोटी कविताएँ थीं।

कुछ अनाम, कुछ हस्ताक्षरित— "Z" के नाम से।

और सबसे आखिर में एक पंक्ति थी, ताज़ा लिखी हुई, जैसे किसी ने कुछ ही देर पहले जोड़ा हो:

"माफ़ करना… चुप रहकर बहुत कुछ कहना पड़ा।"

मैंने चारों ओर देखा।

कोई नहीं था।

लेकिन सामने बर्फ़ पर किसी ने एक शब्द उँगली से लिखा था—

"माफ़ करना"

वही आवाज़... वही शब्द... जो मैंने झील किनारे पहली बार सुना था।

मैंने किताब अपने सीने से लगा ली।

पेड़ के नीचे बैठे-बैठे एक बार फिर वही एहसास हुआ—कि कोई अभी-अभी यहीं से उठकर गया है, जैसे किसी ने जवाब दे दिया हो... पर बिना कहे।

उस शाम पहलगाम की हवा में एक अनकहा सुकून था।

ज़ारा अब मेरे लिए सिर्फ़ एक किरदार नहीं रही
थी—वो मेरी कहानी का हिस्सा बन चुकी थी।

***

अध्याय 11: जब वो मिली

कभी-कभी जब आप ढूँढना छोड़ देते हैं, तब कुछ सच खुद चलकर सामने आ जाते हैं।

अगली सुबह, मैं पहलगाम की लाइब्रेरी में गया।

पुरानी बिल्डिंग थी, लकड़ी की गंध से भरी हुई, और शांत इतनी कि अपनी साँसें भी किताबों से टकराकर लौट आतीं।

मैं एक किताब पढ़ रहा था—वही कविताएँ जिनमें "Z" की शैली झलकती थी।

तभी एक आवाज़ आई, धीमी और साफ़—

"आप ज़ारा की कविताओं में कुछ ढूंढ रहे हैं?"

मैंने नज़र उठाई।

सामने एक महिला खड़ी थी—सरल शॉल ओढ़े,
आँखों में गहराई और मुस्कराहट में थकान।

"हाँ," मैंने जवाब दिया, "ढूंढ रहा हूँ... और शायद
खुद को भी।"

वो मुस्कराई।

"हर कोई ज़ारा को एक नाम से जानता है... पर वो
एक आवाज़ थी।

अब लोग उसे भूल चुके हैं, पर कुछ किताबें अब भी
उसका पता बताती हैं।"

मैंने ध्यान से उसकी आँखों में देखा—कुछ जाना-
पहचाना था वहाँ।

मैंने धीरे से पूछा, "क्या आप उसे जानती थीं?"

वो पल भर को चुप रही, फिर बोली—

"मैं उसे रोज़ आईने में देखती हूँ।"

हवा जैसे ठहर गई।

मैं कुछ कह नहीं पाया।

उसने मेरी ओर एक काग़ज़ बढ़ाया।

उसी हस्ताक्षर से—Z

और एक पंक्ति:

"कभी-कभी इंसान को नाम से नहीं, उसकी खामोशी से पहचाना जाता है।"

हम दोनों कुछ देर तक उस किताब के सामने चुप रहे।

कोई सवाल नहीं, कोई ज़बानी जवाब नहीं—बस वो एहसास, जो किताब के पन्नों से उठकर हमारे बीच बैठ गया था।

मैं जान गया...

मैं ज़ारा से मिल चुका था।

शायद नाम बदल गया था, चेहरा बदल गया था...
लेकिन उसकी आवाज़ वही थी।

नज़्मों में गूंजती, सन्नाटे में बहती, और अब मेरी
कहानी में दर्ज होती।

***

अध्याय 12: बर्फ़ के पीछे जो था

क भी-कभी कहानी का अंत किसी जवाब में नहीं होता—बल्कि उस एहसास में छुपा होता है कि आपने उसे सचमुच जी लिया।

मैं पहलगाम में अपने आख़िरी दिन की सुबह उसी चिनार के पेड़ के नीचे बैठा।

हवा में वो परिचित ठंडक थी, पर इस बार एक गर्माहट भी थी... जैसे कोई बिछड़ी रूह अब लौट आई हो।

ज़ारा—जिसे मैं ढूंढता रहा, जो खुद को किताबों में छुपा गई थी, और फिर एक रोज़ बिना शोर किए सामने आ खड़ी हुई।

उसने मुझसे विदा लेते हुए कहा था—

"तुमने मेरी कहानी नहीं सुनी, तुमने उसे जिया है।

अब जब तुम लौटो, तो इसे दूसरों तक पहुँचाना...
क्योंकि हर आवाज़ जो दबा दी जाती है, उसे कोई न
कोई दोबारा जीता है।"

मैंने गेस्टहाउस के कमरे में अपनी डायरी खोली।

पहले पन्ने पर लिखा:

"पहलगाम में मैं ज़ारा को ढूंढने आया था...

पर दरअसल, मैं वो हिस्सा ढूंढ रहा था जो खुद में भी
खो चुका था।"

मैंने किताब, खत, और ज़ारा की कविताएँ एक
पैकेट में रखीं और उसे उस लाइब्रेरी को दे दिया जहाँ
हम पहली बार मिले थे।

बाहर बर्फ़ फिर गिरने लगी थी।

पर इस बार...

बर्फ़ के पीछे कोई नहीं छुपा था।

इस बार बर्फ़ के पीछे सिर्फ़ रोशनी थी।

समाप्त

*"हर कहानी का **एक आख़िरी पन्ना** होता है... पर कुछ कहानियाँ, अपने पाठकों के साथ फिर से लिखी जाती हैं।"*

****

भीमताल की खामोशी

भीमताल — एक शांत झील, एक शांत कस्बा...
और कुछ ऐसे रिश्ते, जिनमें शोर नहीं होता, पर
गहराई बहुत होती है। इस कहानी में कोई हीरो-
हीरोइन नहीं हैं, सिर्फ कुछ लोग हैं जो अपनी जगह
सही थे — लेकिन वक़्त ने उन्हें अलग कर दिया।

दोस्ती, प्यार, कुर्बानी और टूटना — ये सब यहाँ है,
लेकिन दिखावे जैसा कुछ नहीं।

"भीमताल की खामोशी" उन रिश्तों के लिए है, जो
कहे नहीं जाते... लेकिन कभी भुलाए भी नहीं जाते।

— धीरेन्द्र सिंह बिष्ट

अध्याय 1

दो दोस्त और एक झील

भीमताल की सुबहें कुछ खास होती हैं।झील की सतह इतनी शांत होती है कि उसमें पूरा आसमान साफ़ दिखता है। दूर से आती परिंदों की आवाज़, और हकनिकाली के बीच एक धीमी-सी ठंडक — जैसे ये जगह सबको थोड़ा धीमा कर देती हो।

इन्हीं सुबहों का एक हिस्सा थे — नमन और अंकित। बचपन से साथ, जैसे झील और उसका किनारा।

नमन — थोड़ा शांत, सोच में डूबा रहने वाला, जिसे बारिश की बूंदों और अधूरी कहानियों से प्यार था।

अंकित — बिल्कुल उलटा, हँसमुख, तेज़, हर सवाल का जवाब और हर चुप्पी का मज़ाक बना देने वाला।

दोनों की दोस्ती ऐसी थी जिसे परिभाषा की ज़रूरत नहीं थी।

कभी बहस, कभी मौन, कभी देर रात झील के पास बैठकर सपनों की बातें — और फिर वही सुबह, वही साथ।

"अबे सोचता क्या रहता है इतना?"

अंकित ने चाय का कप नमन के हाथ में थमाते हुए पूछा।

नमन ने झील की तरफ देखते हुए कहा,

"बस सोच रहा हूँ कि क्या ये सब ऐसे ही रहेगा... हम ऐसे ही रहेंगे?"

"तू ना बहुत फिल्मी हो गया है। हम रहें या ना रहें, ये झील तो यहीं रहेगी। और भाई, जब तक मैं हूँ, तू अकेला नहीं पड़ेगा।"

नमन मुस्कराया।

“फिर भी... अगर कभी हम दूर हो जाएँ?”

“तो झील सूख जाएगी,” अंकित ने मज़ाक में कहा, “और तुझे ढूंढते-ढूंढते मैं पागल हो जाऊँगा।”

दोनों हँस पड़े। लेकिन नमन की आँखों में कुछ था — कोई सपना, या कोई डर — जो सिर्फ उसे दिखता था।

उन दिनों भीमताल में ज़्यादा बदलाव नहीं था। वही पुराना बाज़ार, वही ठेले वाले, वही साइकल से आते जाते स्कूल के बच्चे।

लेकिन कॉलेज के पहले दिन — कुछ बदला। नई क्लास में एक लड़की आई — कनिका।

साफ-सुथरा पहनावा, आँखों में आत्मविश्वास, लेकिन चाल में थोड़ी उलझन — शायद ये जगह उसके लिए नई थी।

नमन ने एक बार देखा, फिर वापस किताब में डूब गया।

अंकित ने धीरे से कहा,

"ये लड़की तुझ जैसी है। चुपचाप, लेकिन खतरनाक। तू देख लेना, तेरी शांति ये लड़की ले जाएगी।"

नमन हँस पड़ा,

"तू भी ना... हर लड़की को 'फिल्म' बना देता है।"

"और तू हर फिल्म में साइड रोल बन जाता है," अंकित ने ताना मारा।

उस दिन कॉलेज से निकलते वक़्त, कनिका पहली बार अकेली दिखी।

अंकित तो आगे निकल गया था, लेकिन नमन वहीं रुका।

"तुम्हें रास्ता पता है?" उसने पूछा।

कनिका ने सिर हिलाया,

"नहीं, लेकिन मुझे रास्ता पूछना आता है।"

"भीमताल में रास्ते कम हैं, लेकिन लोग बहुत सीधे हैं," नमन ने कहा।

कनिका ने मुस्कुरा कर कहा,

"और कुछ लोग थोड़े उलझे हुए भी।"

उसके इस जवाब पर नमन को पहली बार लगा — शायद ये लड़की कुछ समझ सकती है।

उस दिन के बाद, कुछ बदलने लगा।

कनिका, नमन और अंकित — तीनों अक्सर साथ दिखने लगे।

हँसी, तकरार, नोट्स, क्लास बंक — सब मिलकर एक नया रिश्ता बुनने लगे।

लेकिन नमन और अंकित के बीच कुछ अब भी
पहले जैसा ही था —

एक ने शायद दिल में कुछ रखा था,

दूसरे ने अब किसी को दिल में रख लिया था।

***

अध्याय 2

कुछ पास आने की शुरुआत

कनिका अब नमन और अंकित की ज़िंदगी का हिस्सा बन चुकी थी। कॉलेज की क्लास से लेकर झील किनारे की बैठकों तक — हर जगह कनिका की मौजूदगी जैसे कोई नया रंग ले आती थी।

नमन ने खुद को पहले कभी इतना खुला नहीं देखा था। उसकी बातें, जो पहले डायरी के पन्नों तक सीमित थीं, अब कनिका के सामने निकलने लगी थीं।

एक दिन, लाइब्रेरी में दोनों साथ बैठे थे।

कनिका ने नमन की नोटबुक उठाई।

उसमें एक अधूरी कविता लिखी थी।

"कुछ बातें कहने से नहीं, समझने से पूरी होती हैं..."

कनिका ने पूछा,

"ये किसके लिए लिखा था?"

नमन ने जवाब नहीं दिया, बस मुस्कुरा दिया।

कनिका ने कहा,

"शायद किसी के लिए नहीं... शायद खुद के लिए लिखा है तुमने।"

नमन चुप रहा। लेकिन उस चुप्पी में एक इकरार छिपा था, जिसे कनिका महसूस कर रही थी।

दूसरी तरफ, अंकित अब भी वैसा ही था — हँसी-मजाक, मस्ती, लेकिन जब वो दोनों साथ होते, तो उसकी आँखों में कुछ रुक जाता।

एक दिन, तीनों झील के किनारे बैठे थे।

कनिका ने एक छोटा पत्थर उठाया और झील में फेंका।

"जब कोई चीज़ फेंकते हैं, तो लहरें बनती हैं... लेकिन लहरें कभी नहीं पूछती कि किसने फेंका, क्यों फेंका," कनिका ने कहा।

नमन ने सिर झुकाया।

अंकित ने तुरंत मजाक उड़ाया —

"इतनी गहराई में जाने की क्या ज़रूरत है? झील में बस पत्थर फेंको और देखो कौन सबसे दूर तक जाता है।"

लेकिन उस दिन, कनिका की नज़र नमन से हट नहीं रही थी।

शाम को अंकित और नमन साथ चल रहे थे।

अंकित ने पूछा,

"तू उसे पसंद करने लगा है ना?"

नमन रुका।

"शायद... हाँ।"

अंकित ने हल्की मुस्कान के साथ कहा,

"मुझे पता था।"

"और तुझे कैसा लग रहा है?" नमन ने पूछा।

"ऐसा लग रहा है जैसे मेरी दो सबसे पसंदीदा चीज़ें
एक-दूसरे की हो रही हैं... और मैं बस देख रहा हूँ।"

नमन कुछ नहीं बोला। सिर्फ कंधे पर हाथ रखा।

उसी रात नमन ने कनिका को मैसेज किया —

“तुम्हारे साथ बातें करना आसान लगता है। शायद इसलिए कि तुम सुन लेती हो वो भी जो मैं नहीं कह पाता।”

कनिका का जवाब आया —

“और शायद मैं इसलिए सुन पाती हूँ... क्योंकि मैं वही महसूस कर रही हूँ।”

कुछ रिश्ते धीरे-धीरे बनते हैं।

लेकिन जब बनते हैं, तो साइलेंस भी एक बातचीत बन जाती है।

***

अध्याय 3

जब दिल भारी और दोस्ती हल्की पड़ने लगे

झील अब नमन और कनिका की मिलन-स्थल सी बन गई थी।कॉलेज खत्म होते ही, दोनों एक ही जगह पहुँच जाते — वहीं पुरानी सी बेंच, वही पानी की आवाज़, और हर दिन एक नई बात।

एक दिन कनिका ने नमन से पूछा,

"तुम इतने कम बोलते क्यों हो?"

नमन ने जवाब दिया,

"क्योंकि जब कोई बहुत सोचता है, तो बोलने से ज़्यादा सुनने में यकीन करता है।"

कनिका ने सिर हिलाया,

"और तुम्हें मुझे सुनना पसंद है?"

नमन की आँखों में जो चमक थी, वो किसी भी जवाब से ज़्यादा थी।

दूसरी तरफ अंकित — जो कभी इस ग्रुप का सबसे ज़्यादा बोलने वाला था — अब ज़्यादातर खामोश रहने लगा था।

वो पहले हँसी में सब छिपा लेता था, लेकिन अब उसका मज़ाक भी फीका पड़ने लगा था।

एक शाम, तीनों साथ थे।

कनिका ने कुछ कहा, और नमन ने उसकी बात पर हल्की-सी मुस्कान दी।

अंकित देख रहा था — वो मुस्कान कभी उसकी जोक पर आया करती थी।

अब वो बस चुप रहा।

उस रात, अंकित और नमन झील किनारे बैठे थे — जैसे हमेशा बैठते थे।

लेकिन इस बार चाय ठंडी हो गई थी।

"तू बदल गया है," अंकित ने कहा।

"मैं नहीं बदला, हालात बदल गए," नमन ने जवाब दिया।

"या शायद, तू कनिका के पास जाकर खुद को भी
भूल गया है।"

नमन कुछ देर चुप रहा, फिर बोला —

"मुझे माफ़ कर, अगर तुझे पीछे छूटने का एहसास
हो रहा है... लेकिन ये सब मैं प्लान नहीं कर रहा था।
बस हो रहा है।"

"और मुझे लगता है मैं बस होता देख रहा हूँ,"
अंकित बोला, "तेरी हर बात में अब वो होती है, और
मेरी हर बात में तेरी कमी।"

नमन ने उसकी आँखों में देखा — पहली बार, वहाँ
मज़ाक नहीं, सच्ची तकलीफ़ थी।

अगले दिन, अंकित कॉलेज नहीं आया।

ना झील, ना ग्रुप चैट, ना मेसेज।

कनिका ने पूछा, "क्या हुआ उसे?"

नमन ने बस कहा,

"शायद उसे वक्त चाहिए ।"

कनिका कुछ समझ रही थी — शायद सब कुछ ।

रात को नमन ने अंकित को कॉल किया ।

अंकित ने उठाया, लेकिन कुछ कहा नहीं ।

नमन बोला,

"मैं दोस्ती नहीं खोना चाहता, यार ।"

अंकित की आवाज़ धीमी थी,

"लेकिन प्यार की आड़ में जब दोस्ती साइड में हो
जाती है ना, तो खुद को खोना शुरू हो जाता है...
और फिर समझ नहीं आता किसे वापस लाना है —
दोस्त को या खुद को ।"

कॉल कट हो गया ।

कुछ रिश्ते वहीं टूटने लगते हैं जहाँ वे सबसे गहरे
होते हैं ।

***

अध्याय 4

जब बात दिल से निकले और बीच में कोई ना हो

दो हफ्ते हो चुके थे। अंकित अब नमन और कनिका से पूरी तरह दूर हो गया था। कॉलेज आता तो था, लेकिन सीधे क्लास में जाता और चुपचाप निकल जाता। झील के किनारे अब बस दो लोग बैठते थे — वो तीन नहीं।

नमन के अंदर बेचैनी थी। कनिका समझ रही थी, लेकिन कुछ कह नहीं रही थी।

एक शाम, कनिका ने झील पर बैठे-बैठे पूछा,

"क्या तुम मुझसे कुछ छुपा रहे हो?"

नमन ने सिर झुका लिया,

"शायद हाँ... और शायद इसलिए कि मैं नहीं चाहता
कि तुम मुझसे दूर हो जाओ।"

"मैं कोई फैसला लेने नहीं बैठी हूँ," कनिका बोली,
"लेकिन अगर तुम्हारा दोस्त दूर हो गया है, और
उसका कारण मैं हूँ, तो मुझे जानने का हक है।"

नमन ने पहली बार वो कहा जिसे वो सबसे ज़्यादा
दबा रहा था —

"अंकित भी तुमसे प्यार करता था।"

कनिका की साँस अटक गई।

"पर उसने कभी कहा नहीं... वो हमेशा मेरे पीछे
खड़ा रहा, जैसे परछाई।"

कनिका चुप रही।

"अब जब हम साथ हैं, वो अलग हो गया है... और मैं नहीं जानता कि दोस्ती और प्यार में किसे बचाना चाहिए।"

कनिका की आवाज़ धीमी थी,

"शायद दोस्ती को नहीं बचाना चाहिए... उसे वापस कमाना चाहिए।"

अगले दिन नमन अंकित के घर गया।

बिना मेसेज किए, बिना कॉल किए।

अंकित दरवाज़े पर आया,

"सोचा अब तू मेरी झील पर कब्ज़ा कर चुका है, तो घर भी ले ले?"

नमन हल्का हँसा।

"कभी सोचा नहीं था कि जिस दोस्त से अपनी ज़िंदगी के सपने शेयर करता था, उससे अब मिलने के लिए हिम्मत जुटानी पड़ेगी।"

"और मैंने कभी सोचा नहीं था कि तुम दोनों के बीच मैं तीसरा बन जाऊँगा।"

कुछ देर खामोशी रही।

फिर नमन ने कहा,

"मुझे तुझसे ईमानदारी चाहिए थी... तूने कहा भी नहीं, छुपाया भी... और अब तू चुप भी है।"

"क्योंकि तुझसे शिकायत करने का हक ही खो दिया है अब," अंकित ने आंखें नीचे कर लीं।

नमन पास आया,

"हक कभी नहीं खोते यार... बस भरोसा टूटता है। और भरोसा तभी बनता है जब हम एक-दूसरे की

सच्चाई को अपनाते हैं, चाहे वो कितनी भी तकलीफदेह हो।"

अंकित की आँखें भर आईं,

"मैं बस पीछे रह गया न?"

नमन ने उसका कंधा पकड़ा,

"तू कहीं नहीं गया... हम तुझसे आगे नहीं निकले, तू ही हमें पीछे छोड़ आया।"

उसी शाम, तीनों झील के किनारे बैठे थे — पहली बार फिर से।

बहुत कुछ नहीं कहा गया, लेकिन हर कोई समझ गया कि सच को कहने से पहले, सहना ज़रूरी होता है।

अंकित ने कनिका की तरफ देखा, मुस्कुराया और कहा,

"अब मैं मज़ाक नहीं करूँगा… लेकिन ये भी नहीं कहूँगा कि तुम गलत हो। तुम सही हो… बस मेरा वक़्त गलत था।"

कनिका ने हल्के से जवाब दिया,

"शायद हम तीनों के हिस्से में थोड़ी सी खामोशी लिखी गई थी… और अब हम उसे पढ़ना सीख रहे हैं।"

***

अध्याय 5

जब रिश्ता गहरा हो, पर रास्ता धुंधला लगे

शहर धीरे-धीरे सर्दियों में ढल रहा था। भीमताल की सुबहें और भी शांत हो गई थीं। झील पर धुंध की चादर बिछ जाती थी, जैसे वक्त खुद को छुपाने की कोशिश कर रहा हो।

नमन और कनिका अब अक्सर साथ दिखते थे — कैंपस में, झील पर, लाइब्रेरी में। उनके बीच सब ठीक था, लेकिन 'ठीक' के अंदर बहुत कुछ था जो नमन के भीतर खामोशी से घूमता रहता।

एक शाम कनिका ने पूछा,

"तुम जब मेरे साथ होते हो, तो कभी-कभी जैसे कहीं और खो जाते हो। क्यों?"

नमन ने जवाब दिया,

"क्योंकि अब मैं रिश्ते को महसूस करने लगा हूँ... और जब कोई रिश्ता गहरा हो जाता है, तो डर भी गहरा हो जाता है — खो देने का।"

कनिका चुप रही। फिर बोली,

"तो तुम मुझे खोने से डरते हो?"

"बहुत," नमन ने सीधा कहा।

दूसरी तरफ, अंकित अब बदलने लगा था।

वो अब अकेले वक्त बिताने लगा था — फोटोग्राफी में रुचि ली, शहर से बाहर जाने लगा, और सबसे ज़्यादा खुद से बात करने लगा।

एक बार, कैंपस में उसकी एक फोटो एग्ज़िबिशन लगी।

नमन और कनिका भी आए।

तस्वीरों में पहाड़, झील, पुरानी किताबें, और एक फोटो — तीन कुर्सियों की, जिनमें दो पर लोग बैठे थे और एक खाली थी।

कनिका ने पूछा,

"ये फोटो क्या कह रही है?"

अंकित ने हँसते हुए कहा,

"कि खाली जगहें भी कभी पूरी हुआ करती थीं।"

नमन और अंकित की नज़रें मिलीं — अब वहाँ कोई टकराव नहीं था, सिर्फ समझ।

कनिका और नमन अब साथ थे, लेकिन उनके बीच छोटी-छोटी बातें अब भारी लगने लगी थीं।

कभी किसी किताब को लेकर बहस, कभी किसी
मेसेज का जवाब देर से आना, कभी किसी बात पर
कनिका का अचानक खामोश हो जाना।

नमन सोचने लगा था —

"क्या रिश्ते इतने सहेजने लायक होते हैं, या बस उस
वक़्त तक ठीक रहते हैं जब तक उनसे उम्मीदें नहीं
जुड़ती?"

कनिका ने एक दिन पूछा,

"क्या तुम खुश हो?"

नमन ने रुककर कहा,

"शायद हाँ... लेकिन आसान नहीं है ये सब।"

कनिका ने सिर झुका लिया।

"कभी-कभी लगता है हम दोनों एक ही पन्ने पर हैं,
लेकिन एक-दूसरे की भाषा नहीं पढ़ पा रहे।"

कभी-कभी प्यार वहीं अटक जाता है जहाँ उम्मीदें
बोलने लगती हैं और दिल चुप हो जाता है।

***

अध्याय 6

जब प्यार और सपना एक-दूसरे के खिलाफ खड़े हो जाएँ

स‍र्दियाँ अपने आखिरी पड़ाव पर थीं। भीमताल में धूप अब थोड़ी तेज़ लगने लगी थी, लेकिन नमन के अंदर एक बेचैनी बढ़ रही थी। कनिका ने दो दिन से ठीक से बात नहीं की थी।

नमन ने मेसेज किया —

"क्या हुआ?"

जवाब आया —

"बात करनी है... ज़रूरी है।"

शाम को दोनों झील किनारे मिले।

वही बेंच, वही झील, लेकिन अब मौसम वैसा नहीं था —

ना बाहर का, ना उनके बीच का।

कनिका ने सीधे कहा,

"मुझे दिल्ली यूनिवर्सिटी से ऑफर आया है। मेरी ड्रीम यूनिवर्सिटी... मेरा बचपन का सपना।"

नमन चुप।

"स्कॉलरशिप भी मिल रही है। छह महीने में जाना है, लेकिन तैयारी अभी से शुरू करनी होगी।"

नमन ने धीरे से पूछा,
"और हम?"

कनिका की आँखें भारी थीं,

“मैं जानती हूँ हम कहाँ हैं... लेकिन मेरा सपना सिर्फ मेरा नहीं है। वो मेरी माँ की भी है। और... शायद मेरी पहचान की आखिरी उम्मीद भी।”

नमन कुछ नहीं बोला।

बस झील की तरफ देखता रहा।

कनिका ने फिर कहा,

“मैं चाहती हूँ कि तुम मेरे साथ खड़े रहो... लेकिन मैं ये नहीं कह सकती कि मैं तुम्हारे पास रह पाऊँगी।”

अगले कुछ दिन नमन ने किसी से बात नहीं की।

कॉलेज भी नहीं गया। अंकित ने एक-दो बार कॉल किया, लेकिन कोई जवाब नहीं मिला।

अंदर से वो टूट नहीं रहा था — वो सुन्न हो रहा था।

अंकित उसे ढूँढते हुए उसके घर पहुँचा ।

"तू खुद से भाग क्यों रहा है?" अंकित ने पूछा ।

नमन ने धीमे से कहा,

"क्योंकि अब मैं उसके सपने के आड़े नहीं आना चाहता ।"

"और जो तुम दोनों का साथ था, वो क्या सपना नहीं था?"

"था... लेकिन शायद अधूरा रहना ही उसकी किस्मत थी ।"

अंकित कुछ देर चुप रहा । फिर बोला,

"सुन, किसी को उसकी उड़ान के लिए रोका नहीं जाता ।

लेकिन जो खुद रुक जाता है, उसे कोई मंज़िल नहीं मिलती ।"

कनिका ने आखिरी बार नमन को मिलने बुलाया।

"मैं जा रही हूँ," उसने कहा।

नमन ने मुस्कुराकर जवाब दिया,

"जानता हूँ। और चाहता हूँ कि तू वहाँ इतना कुछ हासिल कर, कि खुद पर और मुझ पर कभी अफ़सोस ना हो।"

कनिका की आँखों में आँसू थे।

"और हम?" उसने पूछा।

नमन ने उसकी हथेली पकड़कर कहा,

"हम... शायद हमेशा रहेंगे। बस किसी और तरीके से। किसी और जगह पर। शायद इस झील में... या इस बेंच पर। लेकिन एक-दूसरे में ज़रूर।"

कनिका ने उसे गले लगाया।

ये अलविदा नहीं था — ये एक वादा था, जो वक़्त
से बंधा नहीं था।

कभी-कभी प्यार छोड़ना नहीं होता,

बस उसे उड़ने देना होता है...

शायद वो लौट आए,

या फिर कहीं और खिल जाए।

***

अध्याय 7

जब कोई चला जाए और उसके जाने की आवाज़ भी न हो

कनिका चली गई थी। ना कोई ड्रामा, ना कोई बड़ा अलविदा। बस एक व्हाट्सएप मैसेज: "मैं चली गई। झील को देखना कभी-कभी। वहाँ हमारी बहुत सी बातें रुकी हैं।"

नमन ने पढ़ा, फिर फोन रख दिया। उसने कोई जवाब नहीं दिया।

कभी-कभी सबसे सही जवाब — जवाब ना देना होता है।

भीमताल वही था। वही झील, वही रास्ते, वही मौसम —

पर अब उनमें से कोई भी नमन जैसा नहीं था।

वो अब भी झील पर आता था, उसी बेंच पर बैठता था...

पर अब वो चुप्पी में बसता था, किसी बात में नहीं।

अंकित ने वक़्त समझ लिया था।

अब वो हर दिन नमन के पास आता, साथ बैठता, कुछ कहता नहीं।

एक दिन उसने कहा,

"पता है तूने क्या किया?"

नमन ने बिना देखे पूछा,

"क्या?"

"तूने उस लड़की को उसकी उड़ान दी। और खुद
ज़मीन में गड़ गया।

अब उठा खुद को — क्योंकि तू सिर्फ किसी का
'प्यार' नहीं था... तू खुद भी बहुत कुछ है।"

नमन ने पहली बार अंदर से सुना।

उसने धीरे से पूछा,
"मैं अब क्या करूँ?"

अंकित ने कहा,

"जैसे कनिका ने अपने सपने के पीछे उड़ान ली, वैसे
ही तू भी कर — लेकिन अपने लिए।"

अगले कुछ हफ्तों में नमन बदलने लगा।

उसने अपनी कविताएँ फिर से उठाईं।

अपने लिखे अधूरे पन्ने खोले।

और एक फोल्डर में एक नई फाइल बनाई —

"भीमताल की खामोशी" — उसका पहला उपन्यास।

उसमें कोई साफ़ हैप्पी एंडिंग नहीं थी, लेकिन हर पन्ने में सच था।

कनिका, अंकित, झील, बेंच, सर्द हवाएं, अनकहे अल्फाज़ — सब उसमें थे।

कई महीने बाद, जब पहली बार उसकी किताब छपी...

उसने उस पर कुछ नहीं लिखा — सिर्फ दो नाम:

"कनिका और अंकित — जिनसे मैंने खुद को जाना।"

कभी-कभी ज़िंदगी कोई जवाब नहीं देती,

वो सिर्फ तुम्हें खुद से मिलवाती है।

***

अध्याय 8

जब वापसी शब्दों से नहीं, निगाहों से होती है

एक साल बीत चुका था। नमन की किताब "भीमताल की खामोशी" अब पब्लिश हो चुकी थी।

छोटे शहरों में नाम कमाना आसान नहीं होता, लेकिन सच्चाई लिखने वालों के लिए जगह अपने आप बनती है।

एक लिटरेरी फेस्टिवल में उसका नाम बतौर लेखक बुलाया गया।

भीड़ बहुत नहीं थी, पर उस छोटे से हॉल में वो सारे लोग थे जो कहानियाँ पढ़ते नहीं, महसूस करते थे।

नमन स्टेज पर गया, माइक के सामने खड़ा हुआ।

उसने कहना शुरू किया —

"ये कहानी झील के किनारे से शुरू हुई थी... जहाँ तीन लोग बैठा करते थे — एक जो सब सुनता था, एक जो सब कहता था, और एक... जो सब समझता था।"

भीड़ चुप थी।

"मैं नहीं जानता कि मैं उन तीनों में कौन था... शायद थोड़ा-थोड़ा सब था।"

सेशन के बाद, लोग मिलने लगे। किताबें साइन हुईं, तस्वीरें ली गईं।

और तभी — एक कोने में एक चेहरा दिखा।

वही मुस्कान। वही आँखें। वही शांत सी उपस्थिति।

कनिका।

उसने नमन को देखा... और हल्के से सिर झुकाया।

नमन उसके पास आया।

"तू आई?"

"किताब बुला लाई," कनिका ने जवाब दिया।

"कैसी लगी?" नमन ने पूछा।

"सच जैसी... थोड़ी अधूरी, लेकिन पूरी," कनिका ने कहा।

"और तू?" नमन ने पूछा।

"अब भी उड़ रही हूँ... लेकिन नीचे की ज़मीन याद रहती है," कनिका ने मुस्कुरा कर कहा।

दोनों साथ बाहर आए।

भीमताल वही था। अब भी सर्द, शांत, और समझदार।

कनिका ने पूछा,

"अब भी झील पर जाते हो?"

नमन ने जवाब दिया,

"अब मैं वहाँ नहीं जाता... अब वो मेरे अंदर है।"

दोनों एक-दूसरे की तरफ देख रहे थे।

कुछ कहने की ज़रूरत नहीं थी।

कहानी पूरी थी।

कभी-कभी हम किसी को हमेशा के लिए पाते हैं,
लेकिन साथ नहीं रहते —
क्योंकि कुछ रिश्ते पूरी ज़िंदगी दिल में रहते हैं...
झील की खामोशी की तरह।

***

4. "हल्द्वानी की होली और दिल की चोरी"

भाग 1:

ऑफिस की हलचल और कल्पना-रितेश की नोकझोंक (शुरुआत)

ह ल्द्वानी, कुमाऊं की वादियों में बसा एक छोटा पर सजीव शहर, जहाँ सुबह की ठंडी हवा में भी पहाड़ों की महक बसी होती है। शहर की हलचल भले ही धीमी हो, पर इस छोटे से ऑफिस में ज़िंदगी अपनी पूरी रफ़्तार में चल रही थी।

ऑफिस के एक कोने में बैठी थी — कल्पना, अपने काम में डूबी हुई। सिर झुकाए, आँखें स्क्रीन पर गड़ी हुईं, और उंगलियाँ कीबोर्ड पर नाच रही थीं। रिपोर्ट तैयार करनी थी, क्लाइंट का कॉल भी पेंडिंग था और ऊपर से बॉस की डेडलाइन भी सिर पर थी।

"काफ़ी बिज़ी लग रही हो आज," एक आवाज़ आई, पर कल्पना ने ध्यान नहीं दिया।

उसी वक्त, चुपचाप पीछे खड़ा था — रितेश, वही रितेश जो ऑफिस में हर किसी को हँसाता था, पर कल्पना को सबसे ज़्यादा छेड़ता था।

उस दिन होली थी, ऑफिस में सभी कलरफुल ड्रेस कोड में आए थे, कुछ लोगों ने हल्के रंग लगा रखे थे। मगर रितेश कुछ अलग सोचकर आया था।

उसने एक डरावना नकाब (हॉरर मास्क) पहन रखा था — लाल आँखों वाला, टेढ़े दाँतों वाला। वह

बिलकुल चुपचाप कल्पना के ठीक पीछे आ खड़ा हुआ। सबका ध्यान कहीं और था।

कल्पना जैसे ही पीछे घूमी — एक पल को ठिठकी, और फिर...

"आआआआआ!!

" एक ज़ोरदार चीख उसके मुँह से निकली।

पूरा ऑफिस उसकी आवाज़ से गूंज उठा।

लोग दौड़ते हुए आए, किसी को लगा कुछ हो गया है, किसी ने सोचा शायद कोई इमरजेंसी है।

पर जब सबने देखा — रितेश नकाब उतार रहा था और हँसी रोक नहीं पा रहा था, तब सब समझ गए...

"ओह! तो ये कोई फ्रैंक था!"

कल्पना की आँखें लाल थीं, डर और गुस्से से।

"तू सुधर जा, वरना मुझसे बुरा कोई नहीं होगा," उसने रितेश को घूरते हुए कहा।

रितेश ने मुस्कराते हुए जवाब दिया — **"तू तो पहले से ही बुरी है।"**

कहकर वह हँसता हुआ चला गया।

बाकी सब भी हँसने लगे। मगर किसी ने नहीं देखा — कल्पना के होंठों पर भी एक हल्की सी मुस्कान तैर गई थी।

क्योंकि वो जानती थी — उसे रितेश अच्छा लगता है, पर वो कभी जताती नहीं थी।

***

भाग 2:

होली का दिन और नकाब वाली शरारत

ल्द्वानी की होली, बाकी शहरों से थोड़ी अलग होती है। यहाँ रंगों के साथ रिश्तों की मिठास भी घुली होती है — और दफ्तरों में भी त्योहारों की खुशबू घुस ही आती है।

उस दिन सुबह से ही ऑफिस में चहल-पहल थी। कोई गुलाल ले आया, कोई गुझिया। बॉस ने एक दिन पहले ही कह दिया था –

"काम आधे दिन का होगा, फिर होली का सेलिब्रेशन!"

पर कल्पना को तो काम की टेंशन थी। क्लाइंट की रिपोर्ट आज ही सबमिट करनी थी और बाकी सब की तरह वो रंगों में नहीं, फ़ाइलों में खोई हुई थी।

उसने सफेद कुर्ता पहना था, ऊपर से नीली चुन्री —
सादगी में भी एक ठाठ था।

रितेश, अपनी आदत से मजबूर, फिर कुछ अलग
करने की सोच रहा था।

"अबकी बार होली पर रंग नहीं, डर दिखाऊँगा..."
— उसने दोस्तों से कहा और दुकान से एक हॉरर
मास्क खरीदा। लाल आँखें, फटे होंठ, और डरावना
लुक।

दोपहर करीब 12 बजे।

ऑफिस का माहौल रंगीन हो चुका था। लोग एक-
दूसरे को रंग लगा रहे थे, हँसी-मज़ाक चल रहा था,
पर कल्पना अब भी सिस्टम पर झुकी थी।

रितेश ने मास्क पहन लिया, और दबे पाँव उसके पीछे जा खड़ा हुआ।

कोई शोर नहीं — बस उसकी साँसें और कॉफी मशीन की आवाज़।

कल्पना जैसे ही चेयर घुमा कर पीछे मुड़ी...

"आआआआआ!!" — वो इतनी ज़ोर से चीखी कि पानी पीते हुए सोनू के मुँह से पानी छलक गया।

सब दौड़ पड़े — क्या हुआ?

रितेश मास्क उतार चुका था, और अपने घुटनों पर झुका हँसी रोकने की कोशिश कर रहा था।

"ओये, तू पागल है क्या?" सोनू ने पूछा।

"भाई तूने तो जान ही निकाल दी बेचारी की!" रीना बोली।

"इतना भी डरावना नहीं था मास्क, मुझे तो हँसी आ गई," विकास ने कहा।

कल्पना के चेहरे पर हल्की सी घबराहट थी, पर वो जल्दी ही सँभल गई।

"तू सुधर जा, वरना मुझसे बुरा कोई नहीं होगा..." – उसने गुस्से में कहा, पर उसकी आवाज़ में डर कम, एक अजीब सी मिठास ज़्यादा थी।

"तू तो पहले से बुरी है," – रितेश ने फिर मज़ाक किया और वहाँ से भाग गया।

लोगों की भीड़ छँट गई, गुझिया बाँटी गई, रंगों की बारिश हुई।

पर कल्पना के मन में कुछ और चल रहा था।

जब सब उसे रंग लगा रहे थे, वो मुस्कुरा रही थी...
पर उसकी नज़रें बार-बार रितेश को ढूंढ रही थीं।

वो सोच रही थी —

"ये लड़का हर बार मुझे परेशान करता है, पर हर बार
... मेरे दिल में कुछ हलचल भी पैदा कर देता है।"

शाम के समय, जब सभी रंगों से लथपथ घर जा रहे
थे — रितेश और कल्पना थोड़ी देर के लिए अकेले
रह गए।

"अच्छा सुन, तू सच में डर गई थी क्या?" – रितेश ने
थोड़े संजीदा लहजे में पूछा।

"हूँ..." – कल्पना ने गर्दन झुकाकर सिर हिलाया।

"ओ सॉरी यार... मैंने बस थोड़ा मज़ाक किया था।
पर तुझे इतना डर जाएगा, सोचा नहीं।"

कल्पना कुछ पल चुप रही।

"तू जब तंग करता है न... तो गुस्सा आता है, लेकिन
उस गुस्से में भी एक अलग सी खुशी होती है," –
उसने धीमे से कहा।

रितेश उसकी आँखों में देखने लगा। पहली बार,
उसके चेहरे पर कोई मज़ाक नहीं था।

"शायद मैं तुझे इसलिए तंग करता हूँ... क्योंकि तू
सबसे अलग है। और शायद इसलिए भी... क्योंकि
मुझे अच्छा लगता है तुझे मुस्कुराते देखना।"

कुछ पल के लिए दोनों चुप हो गए।

बाहर बारिश की हल्की बूँदें गिरने लगी थीं — होली के रंगों को और फैला रही थीं।

***

भाग 3:
दिल की बातें, अधूरी सी कशिश

(अंदर ही अंदर कुछ तो था... पर शब्दों में कह नहीं पाए)

होली के दो दिन बाद...

ऑफिस वापस अपने पुराने रूटीन में आ चुका था — फाइलें, मीटिंग्स, कॉफी और वही हल्द्वानी की सर्द-सी सुबहें।

लेकिन कुछ था जो अब बदल चुका था।

कल्पना, जो पहले रितेश को नजरअंदाज करती थी, अब उसकी मौजूदगी को महसूस करने लगी थी।

जब रितेश ऑफिस में आता, उसकी नजरें खुद-ब-खुद उसकी कुर्सी की ओर घूम जाती थीं।

और रितेश?

अब उसकी शरारतों में भी एक अजीब सी नरमी थी। वो अब भी तंग करता था, लेकिन अब उसके हर मज़ाक के पीछे एक उम्मीद छिपी होती —

"शायद आज वो कुछ कह दे..."

एक दिन लंच ब्रेक में...

कल्पना अकेली छत पर बैठी थी, उसका मन आज कुछ उलझा हुआ था। हाथ में स्टील का टिफिन और सामने हल्द्वानी की पहाड़ियों की झलक।

तभी रितेश वहाँ आ गया।

"अरे मैडम जी, अकेले-अकेले? हमें बुला लेते!"

कल्पना मुस्कराई: "कभी-कभी अकेलापन भी ज़रूरी होता है... तुम समझोगे नहीं।"

रितेश थोड़ा गंभीर हो गया।

"मैं समझ सकता हूँ। अकेलापन तब महसूस होता है जब आस-पास सब होते हुए भी, कोई अपना पास नहीं होता।"

कल्पना की नज़रें एक पल को उस पर टिक गईं।

"तुम्हें कभी अकेलापन नहीं लगता?" – उसने पूछा।

"लगता है... जब तुम मुझसे नाराज़ होती हो," – रितेश ने बिना मुस्कराए जवाब दिया।

वो पहली बार था जब दोनों के बीच कोई मज़ाक
नहीं था।

बस एक चुप्पी... जो बोल रही थी।

"रितेश..." – कल्पना ने कहा,

*"तुम जब मुझे छेड़ते हो, तो अच्छा नहीं लगता...
लेकिन जब एक दिन तुम चुप रहते हो, तब और बुरा
लगता है।"*

रितेश थोड़ा मुस्कराया।

"मतलब अब मेरी आदत सी हो गई है तुम्हें?"

"शायद..." – उसने नज़रें झुका लीं।

अगले कुछ हफ्तों में, सब कुछ थोड़ा अलग हो गया
था।

अब कल्पना रितेश को देखकर आँखें नहीं चुराती
थी। कभी-कभी लंच साथ में होता, कभी कैफे के
बाहर चाय।

हल्द्वानी के "बावर्ची" ढाबे पर, दोनों ने एक शाम
आलू के पराठे खाते हुए इतना हँस लिया कि बाकी
टेबल वाले भी मुस्कुरा उठे।

लेकिन फिर भी...

ना उसने कहा,

ना उसने पूछा।

दोनों बस किसी मौके का इंतज़ार करते रहे।

रात को घर लौटते वक्त, कल्पना अकसर छत पर खड़ी हो जाती। हल्द्वानी की वो चुप रातें, जिनमें बस ट्रेन की सीटी और दूर पहाड़ों से आती ठंडी हवा होती।

उसके मन में सवाल होता — "क्या वो भी मुझे उसी तरह महसूस करता है?"

और रितेश...?

वो अपने कमरे में बैठा फोन हाथ में लिए सोचता —

"अब कहूँ या फिर किसी और दिन?"

***

भाग 4: अधूरी बातें, उलझे जज़्बात

(कभी-कभी नज़दीकियाँ भी दूरियाँ बन जाती हैं)

मार्च का आखिरी हफ्ता चल रहा था। हल्द्वानी में गर्मी धीरे-धीरे दस्तक दे रही थी। ऑफिस में भी टेबल फैन चलने लगे थे और लोग सुस्त से हो चले थे।

लेकिन सबसे ज़्यादा बदलाव कल्पना में था।

वो अब पहले जैसी चुप नहीं रहती थी, रितेश के साथ खुलकर बातें करती थी। कभी चाय पर, कभी टहलते हुए, और कभी ऑफिस की खिड़की के पास खड़े होकर — बातें बस बहती रहती थीं।

लेकिन फिर... कुछ बदल गया।

एक दिन ऑफिस में खबर आई —

"रितेश का ट्रांसफर नैनीताल ब्रांच में हो रहा है, अगले महीने से!"

कल्पना को जैसे किसी ने ज़ोर से झटका दे दिया हो। वो वहीं खड़ी रह गई, फाइल हाथ में लिए।

रितेश ने उस दिन उससे बात नहीं की।
ना कुछ बताया, ना कुछ कहा।

"क्या वो मुझे बिना बताए चला जाएगा?"

"क्या हमारी ये छोटी सी कहानी... बस इतनी ही थी?"

अगले दिन, कल्पना खुद उसके पास गई।

"ट्रांसफर हो रहा है तुम्हारा?" – उसका गला थोड़ा भारी था।

"हाँ..." – रितेश ने बस इतना कहा, बिना उसकी आँखों में देखे।

"और तुमने मुझे बताया भी नहीं?"

"कहने से क्या फर्क पड़ता कल्पना? एक ही तो ऑफिस है, कभी-कभी मिल ही जाएंगे..."

"बस... कभी-कभी?" – कल्पना ने सवाल दोहराया।

उसके अंदर एक तूफान चल रहा था, पर बाहर से वो
बस शांत दिखना चाहती थी।

"तुम्हें फर्क नहीं पड़ता?"

रितेश ने नज़रें उठाईं — "तुम चाहती हो कि पड़े?"

ये सवाल नहीं था, एक इम्तिहान था। और कल्पना
उस वक्त जवाब नहीं दे पाई।

वो चुपचाप वहाँ से निकल गई।

अगले कुछ दिन, दोनों के बीच खामोशी फैल गई।

ना मज़ाक, ना लड़ाई, ना चाय की मुलाकातें।

ऑफिस का हर कोना जैसे खाली लगने लगा था।

कल्पना की रातों में नींद गायब थी।

वो छत पर खड़ी आसमान से पूछती —

"काश मैंने कुछ कह दिया होता..."

रितेश नैनीताल जाने की तैयारी में लग गया।

पर उसके दिल में सिर्फ एक बात चल रही थी —

"क्या वो मुझे रोकती तो... मैं रुक जाता?"

फिर एक दिन...

रितेश का आखिरी दिन था ऑफिस में। सबने उसे
विदाई दी, गिफ्ट्स दिए, हँसी-मज़ाक हुआ।

पर कल्पना नहीं आई।

वो नहीं चाहती थी कि वो उसके सामने ऐसे चले
जाए — जैसे कुछ था ही नहीं।

लेकिन फिर, शाम को जब वो छत पर खड़ी थी...
एक बाइक की आवाज़ आई।

रितेश सामने खड़ा था।

"तुम मुझसे नाराज़ हो?" – उसने पूछा।

कल्पना चुप रही।

"मैं जा रहा हूँ, पर एक बात कहनी है..." – रितेश
बोला।

"अगर तुम चाहो कि मैं रुक जाऊँ... तो मैं कुछ भी कर सकता हूँ।"

"क्यों?"

"क्योंकि अब मज़ाक में तुम्हारा नाम लेकर हँसना अच्छा नहीं लगता... अब तुम्हें खोने का डर मज़ाक से बड़ा हो गया है।"

कल्पना की आँखें भर आईं।

"मैं कुछ कह नहीं पाई रितेश... पर हर बार जब तुम पास आते थे, तो दिल तेज़ धड़कता था। ये दोस्ती से कुछ ज़्यादा था..."

रितेश मुस्कराया।

"तो फिर कह दो, ताकि मैं रुक सकूँ।"

और कल्पना ने पहली बार खुलकर कहा:

"मैं तुमसे प्यार करने लगी हूँ।"

भाग 5:

मोहब्बत के बाद – कुछ सवाल, कुछ जवाब

(दिल ने मान लिया... अब ज़माने की बारी थी)

रात की हवा थोड़ी तेज़ हो चुकी थी। हल्द्वानी की पहाड़ियों पर चाँदनी बिखरी थी और नीचे घरों की लाइटें झिलमिला रही थीं।

"मैं तुमसे प्यार करती हूँ..."

कल्पना की ये बात, रितेश के ज़हन में बार-बार गूंज रही थी।

उसने बाइक स्टार्ट नहीं की... वो वहीं छत के पास
दीवार से टिक गया ।

"तो अब क्या करेंगे?" — उसने पूछा ।

"जो तुम कहोगे..." — कल्पना ने धीरे से कहा ।

रितेश ने गहरी साँस ली ।

"फिर एक वादा करो — कि हम इस रिश्ते को धीरे-
धीरे, समझदारी से आगे बढ़ाएँगे । कोई जल्दबाज़ी
नहीं... कोई छुपाव नहीं ।"

कल्पना ने सिर हिलाया — "हाँ, लेकिन रितेश... माँ-
पापा बहुत स्ट्रिक्ट हैं । मैंने आज तक किसी लड़के
से खुलकर बात तक नहीं की..."

"तो अब उन्हें बताना होगा — पर सही वक्त पर। मैं तुम्हारे साथ खड़ा हूँ, लेकिन हम दोनों को उन्हें ये रिश्ता समझाना होगा।"

अगले कुछ हफ्तों में, रितेश नैनीताल ट्रांसफर लेने से मना कर देता है। वह हल्द्वानी ब्रांच में ही रुकने की अर्जी डाल देता है। उसके सीनियर पहले नाराज़ होते हैं, पर बाद में मान जाते हैं।

ऑफिस में अब सब जानने लगते हैं कि कुछ तो है रितेश और कल्पना के बीच...

लेकिन किसी ने कुछ कहा नहीं — बस मुस्कुराते रहे।

एक रविवार, रितेश पहली बार कल्पना के घर उसके भाई के बहाने मिलने जाता है।

माँ ने पूछा,

"बेटा कहाँ से हो?"

"मुझे हल्द्वानी में 4 साल हो गए हैं आंटी। मैं और कल्पना एक ही ऑफिस में हैं..."

माँ ने हल्की सी मुस्कान दी, लेकिन कल्पना के चेहरे पर डर साफ़ था।

रात को कल्पना की माँ ने उससे सीधा सवाल किया:

"कुछ है क्या तुम्हारे और रितेश के बीच?"

कल्पना ने हिम्मत करके कहा —

"हाँ माँ... मैं उसे पसंद करती हूँ। लेकिन हम कुछ गलत नहीं कर रहे। वो अच्छा लड़का है।"

माँ चुप रहीं, पर उनका चेहरा चिंता से भरा था।

"पापा को ये बात हज़म नहीं होगी..."

फिर शुरू हुआ असली संघर्ष —

- माँ-पापा की समझाइश रिश्तों की पड़ताल
- जात-पात, समाज की बातें

और "लड़की को करियर बनाना है या शादी करनी है
" जैसे सवाल

रितेश ने कभी कल्पना पर दबाव नहीं डाला।

वो बस हर बार उसके साथ खड़ा रहा।

"तेरे साथ चलना है, ये फैसला तेरा है। और मैं तेरे
फैसले की इज़्ज़त करूँगा।"

एक दिन कल्पना ने पापा से कह दिया —

"मैं आपसे झूठ नहीं बोलूँगी। हाँ, मैं रितेश से प्यार करती हूँ। और अगर आप मुझ पर भरोसा करते हैं, तो एक बार मिल लीजिए उससे..."

पापा चुप थे।

लेकिन एक हफ्ते बाद उन्होंने रितेश को मिलने बुलाया।

रितेश की सादगी, उसकी सोच, उसका सम्मान — सबने बात बदल दी।

पापा ने कहा:

"तुमने अगर मेरी बेटी की आँखों में ये आत्मविश्वास ला दिया, तो मैं और क्या चाहूँगा?"

और फिर...

- ❖ एक सादी सी सगाई हल्द्वानी के एक छोटे से लॉन में हुई
- ❖ ऑफिस में सबने जश्न मनाया
- ❖ हल्द्वानी की गलियाँ रंगीन हो उठीं — इस बार होली नहीं थी, लेकिन प्यार के रंग हर तरफ थे।

कल्पना और रितेश की कहानी सिर्फ़ प्यार की नहीं थी...

ये थी दोस्ती, हिम्मत, समझदारी और भरोसे की कहानी।

जहाँ मज़ाक से शुरू हुआ रिश्ता,

धीरे-धीरे एक गहराई में बदल गया — और बन गया
एक ऐसा बंधन,

जिसे हल्द्वानी की हवा भी याद रखेगी।

***

भाग 6:

हल्द्वानी की हवा में बसा एक वादा

(जहाँ से हमने शुरू किया... वहीं लौट आए — साथ लेकर एक-दूसरे को)

जून की सुबह, हल्द्वानी का मौसम कुछ ज़्यादा ही सुहाना था।

घरों में शादी की तैयारियाँ चल रही थीं। मोहल्ले की औरतें मेंहदी लगा रही थीं, बच्चे बैंड बजा रहे थे, और हर तरफ एक मीठी सी हलचल थी।

कल्पना, जो हमेशा सादा रहती थी, आज दुल्हन के जोड़े में थी। उसकी आँखों में वही मासूमियत थी, पर इस बार उसमें एक आत्मविश्वास भी था।

रितेश, जो कभी डरावना मास्क पहनकर उसे चौंकाया करता था, आज शेरवानी में उसके सामने खड़ा था — एकदम सीधा, सच्चा, और सिर्फ़ उसका।

शादी हल्द्वानी के एक छोटे से गार्डन लॉन में हुई —

जहाँ पहाड़ों की ठंडी हवा, रात की चमकती लाइट्स, और पास से बजते पहाड़ी गानों ने माहौल को और भी खास बना दिया।

रीना, सोनू, विकास — सब ऑफिस वाले दोस्त मौजूद थे।

सब मुस्कुरा रहे थे क्योंकि उन्हें पता था — ये शादी सिर्फ दो लोगों की नहीं थी, ये दो आत्माओं की जर्नी

थी, जो एक प्रैंक से शुरू होकर आज सात फेरों तक पहुँची थी।

फेरे लेते वक्त, कल्पना ने धीरे से कहा —

"याद है, जब तुमने पहली बार कहा था — 'तू तो पहले से बुरी है ?"

रितेश मुस्कराया —

"और आज तू मेरी सबसे अच्छी हो गई है..."

शादी के बाद, जब सब विदाई की तैयारियाँ कर रहे थे,

कल्पना एक बार छत पर गई — उसी जगह जहाँ वो रितेश के ट्रांसफर की बात सुनकर चुपचाप खड़ी थी।

आज हवा वही थी, आसमान भी वैसा ही था...

लेकिन अब अकेलापन नहीं था।

रितेश पीछे से आकर बोला —

"अब डरने की ज़रूरत नहीं है। अब मैं हमेशा तुम्हारे पीछे ही खड़ा हूँ — बिना मास्क, बिना मज़ाक... सिर्फ़ रितेश बनकर।"

कुछ महीने बाद...

- दोनों ने हल्द्वानी में ही एक छोटा सा घर ले लिया।
- ऑफिस वही, गलियाँ वही, लेकिन अब हर सुबह साथ की थी।

कभी बावरची ढाबे पर चाय, कभी रोडवेज़ बस स्टॉप पर देर शाम की बातें।

अब उनके पास सब कुछ था — एक-दूसरे का साथ, भरोसा, और हल्द्वानी की वही प्यारी सी ज़िंदगी।

जब कभी कोई कहता है —

"क्या ऑफिस में सच्चा प्यार हो सकता है?"

तो कल्पना और रितेश की कहानी एक जवाब बनकर सामने आती है।

जहाँ मज़ाक रिश्ते की शुरुआत था,

शरारतें उसकी नींव थीं,

और समझदारी उसका स्थायित्व।

"हल्द्वानी की होली और दिल की चोरी"

अब सिर्फ़ एक कहानी नहीं...

एक एहसास है। एक यकीन है कि जब प्यार सच्चा हो, तो वो डरावने मास्क से भी रास्ता बना लेता है।

***

अंतिम संदेश

प्रिय पाठक,

अगर आपने इस आख़िरी पन्ने तक पहुँचने का धैर्य
दिखाया है,
तो यक़ीन मानिए—आप भी उस भीड़ से अलग हैं,
जो सिर्फ़ शुरुआतों को पढ़ती है, अंत तक नहीं
जाती।

हर कहानी किसी जवाब के लिए नहीं, किसी जुड़ाव
के लिए होती है।
अगर इस किताब में कहीं एक वाक्य भी आपकी
रूह को छू गया हो,
तो मेरी लेखनी सफल हुई।

**याद रखिए... बर्फ़ कभी सिर्फ़ सफ़ेदी नहीं लाती,
कभी-कभी वो दबी हुई कहानियाँ भी बाहर लाती है।**

आपका लेखक,
धीरेंद्र सिंह बिष्ट

www.ingramcontent.com/pod-product-compliance
Lightning Source LLC
Chambersburg PA
CBHW031143130726
47988CB00006B/2502